邵念荣 著

北雁南翔

衍堉签

暨南大学出版社
JINAN UNIVERSITY PRESS

图书在版编目（CIP）数据

北雁南翔/邵念荣著.—广州：暨南大学出版社，2009.9
ISBN 978-7-81135-292-4

Ⅰ.北… Ⅱ.邵… Ⅲ.诗歌—作品集—中国—当代 Ⅳ.I227

中国版本图书馆 CIP 数据核字（2009）第 167014 号

出版发行:暨南大学出版社

地　　址：中国广州暨南大学
电　　话：总编室（8620） 85221601
　　　　　营销部（8620） 85225284 85228291 85220693（邮购）
传　　真：（8620） 85221583（办公室） 85223774（营销部）
邮　　编：510630
网　　址：http://www.jnupress.com http://press.jun.edu.cn

责任编辑：杜小陆　崔军亚
责任校对：何　力
排　　版：暨南大学出版社排版设计中心
印　　刷：佛山市浩文彩色印刷有限公司

开　　本：850mm×1168mm 1/32
印　　张：5
字　　数：114 千
版　　次：2009 年 9 月第 1 版
印　　次：2009 年 9 月第 1 次
印　　数：1—2000 册

定　　价：17.80 元

序

清纯而优美的心曲

张同吾

对于诗的宏奥因无法穷尽而难以评说，许多从事诗歌创作几十年而且卓有成就的诗人，也时时感到惶惑：诗是什么？怎样把握诗的精髓？而许多人在青春绽放的年华，用形象的语言描绘出美丽的心灵具象，他们认定那就是诗。所以，我曾多次讲过，从象征意义上理解，每个青年都是诗人，他们刚刚跨入人生的门槛，自由的心灵向世界敞开，就像欢快的小鸟飞向辽阔的天空，去追逐美的精灵，去捕捉美的梦幻，去品尝人生的甘苦，去探索世界的奥秘，所以我把诗喻为无极之路与有岸之海。“有时我觉得诗像山间的野花，在巉岩的缝隙里吐绽蓓蕾，向荒野的春天述说自己的心曲；有时候诗像翻腾的波浪，以不可遏制的力量向前涌动，在阳光的映照下闪现七彩虹霓；有时候诗像天上的流云，时聚时散有影无踪，却给人留下自由想象的空间；有时候诗像我们古老而焕发生机的土地，埋着英魂埋着忠骨有血有肉有歌有哭的土地，凝聚着五千年文化积淀望不到头走不到边的土地。”诗是遥远遥远的相思树，诗是惊魂动魄的箴言，诗是永远听不倦的童话，诗是永不可破译的斯芬克斯之谜。然而，诗又是可感可知的。前几天，我率领中国作家代表团访问保加利亚，团内有两位诗人，在普罗夫迪夫座谈时，他们朗诵了自己的诗篇，未经翻译却赢得了一片热烈的掌声，保加利亚的朋友们从富有内在节奏感的韵律中，感受到汉语独有的魅力，也感受到诗情流动的声息。

诗是精英文化，一切富有精英文化内质的人往往都与诗结缘。青年才俊邵念荣涉猎散文、书法和诗歌，读了他的散文集《望月我心》，我为浓郁的亲情、友情和乡情所感动，诚如著名诗人丘树宏的精确概括：“记忆是那样细致，情感是那样真挚，笔调是那样从容，朴实如山菊。”念荣又有一部诗集《北雁南翔》即将出版，他将书稿寄我相约为序。北京正值酷暑，读他的诗篇，如同倾听他清纯而优美的心曲，顿感清爽而温馨。念荣出生于江苏淮安，是一个普通的农家子弟，以其勤奋和智慧而成为管理学博士和高级经济师，又在商海沉浮的激烈竞争中事业有成。应该说他所从事的工作是远离诗境的，然而他自幼酷爱文学，这是禀赋使然，气韵使然，他便能够不受红尘袭扰，而抒发自己清纯而优美的心曲。从苏北到岭南，可喻为“北雁南翔”，但他没有描述追求理想艰苦飞翔的过程，而是让记忆的片段成为心灵中的映象，像从生命之树上撷采一片片绿叶，让人感到鲜嫩。朦胧的恋情，在人生过程中大多十分短暂，犹如清泉一滴，犹如星光一闪，却在记忆深处隽永生辉。怎能忘记《那一刻》：“静静地围着烛光/歌声从心底流出/泪水尽情滑落”；怎能忘记《温柔的夜》：“谎言有时很美丽/如鹅黄色的夹克/长发披肩/台灯的光有些刺眼/停电/这个夜极为偶然/开满鲜花的窗帘/月华如水/子夜，春寒/无法躲藏/一床被子挺身而出/刹那间/时间停滞/天地混沌一片……”于是就会有永远的《野蔷薇》，永远的《红豆》和永远的《落泪成金》。还有那些回忆乡村生活、师友和亲情的诗，都是情真意切的，所憾有些直白和轻浅，因缺乏新鲜视角和艺术开掘，而缺乏诗的意蕴。但同样由于情真意切，在一定程度上遮掩了艺术上的不足。我喜爱那首《乡村季节》，他用细腻传神的笔致描绘出乡村的四季风光：麦苗返青时，他能闻到“田野青涩的味道/泥土解冻的清香”；等到秋风乍起落叶飘飞，“高粱是老伯的脸/水稻也累弯了腰/所有成熟的作品/专版发表在打谷场上”。从这些农家意象中我们感受到农家风情，其中运用了比喻、夸饰、拟人等修辞手段，语言也较贴切而洗练便有了诗的意味。他写女儿点点：“大声地向老师问好/那是百灵鸟清脆的歌声/顽皮地与小朋友嬉戏/那是小蜻蜓愉快的飞舞/专注地听老师讲课/双眸是清澈的湖水和蔚蓝的天空//喜欢你耐心地哄福娃睡觉/喜欢你家懒外勤争做值日生/喜欢你扮着鬼脸讲故事/喜欢你扭着屁股唱歌/喜欢你成天缠着一家人下国际象棋。”既有生动的比喻，又有传神的描绘，相辅相成，妙趣横生，闪耀着人性光芒。《露天电影》虽是对生活实景的模拟，因其绘声绘色、简约传神，也能生动地表现出穷困乡村的喜悦。

念荣是敏于人生感悟的，《幸福》是一首哲理诗，他并非重复前人所见和通常的哲理，而是以辩证思维展示出幸福的多样性和丰富性：“幸福是贫贱之交的搀扶/幸福是糟糠之妻的眷守”，“幸福是都市人的灯红酒绿/幸福是庄稼人的恬淡简朴/幸福是鲜花和掌声/幸福是坚守和耕耘”。最难能可贵的是，他意识到“幸福是追逐后的获得/幸福是收获时的放弃/幸福是长聚后的别离/幸福是久别后的重逢”，“幸福是甜蜜的忧伤/幸福是欢愉的惆怅/幸福是好好地活在当下”。他告诫人们：“追求幸福者未必获得幸福/获得幸福时幸福正在消逝”，“最大的幸福是健康和自由”。可见，幸福是感受，是孕育，是反哺。这首诗虽略显概念，却不失为一首好诗，它体现出念荣的诗人禀赋和开阔的精神视野，因之才会有新鲜的价值发现。

《北雁南翔》的第四卷“长空俯仰”则是以饱满的热情谱写的英雄赞歌，表现出强烈的爱国主义精神。《畅想三十年》从小处着眼观照时代变革历史前进；《中国制造》、《姚明和刘翔》都表现出为有一个强大的祖国而自豪；《雪殇》旨在讴歌中华民族坚忍不拔的民族精神。去年是改革开放三十周年，诗人们以其艺术良知和时代责任感，创作出大量诗篇，所憾迄无力作。其中主要原因是看到了生活表象而未揭示时代本质，看到高楼林立，看到经济腾飞，看到欢声笑语，却未看到因人的解放而导引出思维方式、价值取向、审美意识的嬗变。我曾多次充满深情地引用马克思的两句名言，一句是“历史的灾难是以历史的前进得到补偿”；另一句是“思想的闪电一旦真正射入这块没有触动过的人民园地，德国人就会解放为人”。我们比德国人幸运，因为我们有了世纪伟人邓小平，以他的政治智慧、超人胆略和光辉理论，拯救了中华民族，开创了历史的新纪元。改革开放标志一个时代的结束和一个时代的开始，我们被解放为人，才确立了人的自主意识和人的尊严，才会焕发出巨大的潜能，并以自豪的情怀投入中华民族全面复兴的伟大进程。我们希望诗人们能把握时代精髓，不仅要精彩地描绘崭新生活的画卷，还要创作出当代中国人的心灵史。

我还想说明的是，写诗是一种艺术发现和艺术表现，要有一双超越尘俗的眼睛，才能克服类型化和平泛化。诗歌是精湛的语言艺术，需要有较深厚的文化积淀和高超的艺术技巧。巴金说“最高的技巧是无技巧”，那是指艺术的至高境界，先有技巧才能走向无技巧，才能自由挥洒点石成金，正如书法讲究“平朴复平朴”，从平朴起步走向绚烂再回归平朴，是三种境界。许多书法家进入暮年虽是笔力不足，仍见气韵和神韵，那是一种“除却粉腻呈风骨”的递嬗。念荣很有灵气，只要加深艺术修养，他会创作出构思更新颖、语言更精当、意象更美妙的诗篇。

是为序。

2009年7月于北京

（本序作者为著名评论家、中国诗歌学会秘书长）

目 录

卷二　尘涛梦萦

卷三 心羽飘零

卷四 长空俯仰

卷一 + 朝露清啼

Morning dew crowing clearly

约　定

风吹过海堤
扬起我的牵系
牵着温情
系着相伴
牵系比海堤更遥远

风吹过夜空
撩起我的思念
思着相见
念着永远
思念比夜空更邈远

风吹过六月
洞穿我的记忆
记起海浪滔天
忆起星光灿烂
记忆比六月更忽闪

脆弱　坚强
青春　变幻
爱
是手中不断的线

野蔷薇

长在荆棘丛生的路旁
没有人知道你的芬芳

你的枝叶长满了刺
不
那是你的纯真和坚强

姹紫嫣红看遍
多少次梦回
你仍然是我深情的凝望

初相遇

在那个悄悄离去的夏日
相逢，因为转学插班

当油菜花开满了田野
一转眼迎来离校时节

简单的话还没说过几句
一股脑的心思写进了日记

好想好想写一封信
可就是投递不出一份勇气

思念　用真空包装
尘封一个长长的夏季

那一刻

那一刻
斟满的是酒
饮干的是离愁
没有言语甚至理由

那一刻
静静地围着烛光
歌声从心底流出
泪水尽情滑落

那一刻
隔着车窗使劲地挥手
曾经的约定
消逝在视线的尽头

旧时的伤痛

为一个梦
读书是全部的意义
不敢靠近
心里揣着一个秘密

“等”，多么脆弱
二十岁的肩膀承担不起
不得不承认
爱
深埋心底

时间并不能冲淡
最初的记忆
恨的伤因爱复发
发誓不再提及

没有人知道你的芬芳
你仍然是我深情的凝望

我　愿

你的眼睛是清澈的湖
洁白的口罩
遮不住你清秀的脸庞
我的心因你的目光而澄明
我愿作一缕柔风
只要能在你的湖心荡起波纹

你的声音是美妙的旋律
一声问候
一声嘱咐
一声叮咛
我的心因你的声音而明媚
我愿作一个音符
只要能和着你的脉搏一起跳跃

你的双手是柔蔓的柳枝
拂过指尖
拂过手背
拂过额头
我的心因你抚慰而焕发生机
我愿是一只纸鸢
只要能与你一起翩然飞舞

还有，轻盈的脚步
纤巧的动作
窈窕的倩影
甚至疲羸的叹息

我愿是你近旁的任意
只要能相伴不离

忘情轩

注射一剂柔情
相隔一个月，三个月
还有半年
爱　也许产生免疫

时空让病毒变异
梦　不堪一击
伤痛开始
局部封闭

记忆
一串让人联想的葡萄
婚姻　手术根治
一切留在忘情轩

阳　光

站在阳光下
咀嚼：
影子和味道
咔嚓！咔嚓！
笑容纯净而快乐
阳光中定格

你的，我的
我们的阳光
掬一捧
留在心间

笑容绽放
永不迷失
心中的阳光

眷　恋

无言的路
收藏，欢乐和愁苦
歌声和叹息
从不与人说
与树对歌
与树坚守

真的过得很好
不是
只因坚强和执著

默默的一份眷恋
用一生，守候
幸福

悄悄泪流
说不清
是强装笑颜
还是一气呵成的洒脱

打开信笺

打开尘封的信笺
打开记忆的闸门
打开思绪万千

打开寒窗苦读的画卷：
年少的顽劣
历经挫折的执著
贴心和义气的鼓励
不染纤尘的扶持
邂逅别离的羞涩和想念

打开年少懵懂的心扉：
湛蓝的天空你说白云在飞翔
春风拂过你说有燕子的畅想
梧桐落叶你说秋天没有使者
漫天飞雪你说有个洁白的愿望

打开蓝色的文字：
时光一去不回
怀念如此美丽
你把信纸叠成会飞的纸鸢
那淡淡的玫瑰清香
变成我心中的珍藏

留 言

一本同学录，上面泪流成河。

三年就这样悄然而去
来不及说声等待
来不及畅想未来

分离别无选择
明天将进入辽阔的记忆
谁能忽略曾经的存在

反复看着熟悉的笔迹
一遍遍默念珍惜
牵念着彼此的未来

红　豆

七月，人去楼空
一个人的寝室
往常
男生禁入

雨　淅淅沥沥
空间越发独立
沉默不语
雨打芭蕉的声音

一个人凝视窗外
一个人长发飘了下来
轻轻走近
空气开始凝结……

雨一直在下
打湿了月台和视线
火车向无锡疾驰
那里有相思
红豆

分　离

鸟儿叫早
半梦半醒之间
拉上窗帘
小心半点声响
回忆压缩后
封存
伤心做了掩埋
刷新预感
一个蓄谋已久的清晨
悄然离开

哦，南国的榕
北雁南翔的心灵
栖息

独自跳舞

夜深沉
一个人的博客
懵懂闯进
陌生的天地

快乐婆娑
内心的矛盾
正如舞步的交错

寂静的文字
美丽的错误
演绎
什么样的结局

一个人　狂舞
一个人
还有一个人的影子

落泪成金

晶莹
如长夜星辰
摇摇欲坠

宛如金色麦穗
扑簌簌
收割惧怕和无助

无论艰难的过往
泪光，黄金分割
不停寻觅的脚步

未来的日子
不需要伪装
泪光盈盈的坚强

晴　空

想要在大理石格子间
找到那片晴空
瓦蓝的天
洁白的云
神秘而杳远

蜗居，落满灰尘
偶袭的烦恼
跌入平静的湖泊
圈圈涟漪
荡漾，荡漾

片刻的停留
我心无忧
频频顾首
只为
未来，那片晴空

温柔的夜

用一道几何题
导出借口
谎言有时很美丽
如鹅黄色的夹克
长发披肩
台灯的光有些刺眼
停电
这个夜极为偶然
开满鲜花的窗帘
月华如水
子夜，春寒
无法躲藏
一床被子挺身而出
刹那间
时间停滞
天地混沌一片……

沉　默

发黄的教科书里夹着一张纸条，那是我曾经写给你的信稿。

携着自尊的手
孪生的自卑让人落寞

摆脱不了一种在意
热情变成了沙漠

虽然选择了沉默
却有数不清的话想诉说

你的鼓励其实很重要
我的负疚却难以逃脱

沉默不是沉沦
我的内心燃烧着一团火

一团火点燃一种希望
一种希望化作一种寄托

两个人

摩托车见缝插针
两个人找另外两个人
第一次直打哆嗦
夏夜，没有一丝凉风

一个人有了汽车
另一个人一起潇洒
后来，车里换了一个人
那台车在路边没了油

一个人在贴着耳根
一个人在门口徘徊
事先　没有分工
一个人哑然失笑

琢磨着找一个大排档
路边，卫生条件糟糕
一个人点一个菜
两个人轮流吃两个菜

一个人去了海边
另一个人也去了海边
海让人惊魂，两个人

后怕“春暖花开”的诗句

一个人唱独角戏
另一个人跟着唱独角戏
感觉　有些雷同
好像曾经在过一起

一个人埋藏了秘密
另一个人也有一开始的秘密
一旦彼此都没有了秘密
两个人不只是兄弟

一个人染了岁月的风寒
另一个人积劳成疾
未来的路似乎很长
两个人从此相互慰藉

卷二 + 尘涛梦萦

Billow past haunting in dreams

南国的榕

根拥抱着大地
须飘展在风里
没有人知道花开花谢
却收获沉甸甸的果实
没有伟岸的身躯
繁衍枝繁叶茂的生机
哦，南国的榕
北雁南翔的心灵
栖息

家

之一

远航时
停泊的港湾
翱翔时
倦飞的停靠

如一盏灯
似一盆火
你是每一个人
温暖的怀抱

你是青春的梦想
衔来春泥
筑起爱的巢

你是壮岁的责任
辛勤劳作
为了一家老小

你是暮年的牵挂
树高千尺
落叶追寻根的怀抱

之二

遮挡风雨不是家
栖息起居不是家
房子再大也算不上家

没有孩子是残缺的家
没有老人是孤独的家
有爱才有幸福的家

因为爱
掩盖所有的弱点和缺陷
真情可以维系
却是理讲不清的地方

乡村季节

麦苗返青
田野青涩的味道
泥土解冻的清香
春风弹拨涟漪
枯木迎来第一叶绿

油菜花开
野蜂开始忙碌
孩子也嬉戏穿梭
点点金黄
写上一张张稚气的脸

插秧时令
水牛拉着木犁
在水田中跋涉
听惯了
一只眼唐叔长长的吆喝

秋风乍起
树叶缤纷
高粱是老伯的脸
水稻也累弯了腰
所有成熟的作品

专版发表在打谷场上

霜雪来临
田野沉默寡言
大地老成持重
结冰的河面很不可靠
大雪带来春天的热情

季节变幻的美丽
乡村不用打点

望 月

是一杯满斟的酒
饮了
化作迢遥思念
是一棵亘古的树
砍不断
缱绻乡愁
还是父亲老泪纵横的眼睛
在送我来时的路口
翘首把游子盼望

季节变幻的美丽
乡村不用打点

遗　产

父亲从小过继给了人家
读了几年私塾
受不了铁戒尺
十五岁随表叔当了兵
先跟韩德勤
再归新四军
四野一个普通卫生员
经历了辽沈、平津
解放华中南
第一批抗美援朝
十四年后复员，回到起点
一名普通乡村医生
风里来，雨里去
一辈子做人做事
遗产是几枚军功章
我拥有了一辈子的富足

礼　物

两朵粉色的花
一朵花粉红
一朵花粉黄
小草倾诉着向往

一只蝴蝶飞过来
翩翩起舞
空气中弥漫着芳香

太阳火红火红的
小鸟也映成红色
五颜六色的歌声飞翔

歪歪扭扭地写上名字
一幅画　一个晚上
一个母亲节
妈妈的眼睛闪烁泪光

故乡的榆树

长在我偏僻的故土
不因富贵而迁徙
不因贫穷而离弃

不畏干旱
不惧严寒
也不舍油泥土的薄瘠

为了老屋——
风雨飘摇的主人
抵挡
秋风的肆虐
暴雨的侵蚀
带来满园的芬芳和阴凉

生污泥而挺俊
染风尘而自清
果
叶
干
根
毕身无悔的奉献

我愿是故乡的一株榆树
无论生长在何方

她家住在蛇树庄

庄上有棵大柳树，许多年没人动一个枝丫，一次雷暴雨，大树裂了，钻出一条巨蟒，转眼就不见了……

她家住在蛇树庄
蛇树庄沿着石子路
石子路沿着涧河
涧河从庄南流过

父亲给生产队看牛棚
母亲一起看牛棚
一家八口老小看牛棚
看牛棚挣工分糊口养家

她几姊妹排行老大
生活要她没进学堂
生活要她操劳家务
生活要她起早摸黑

她拾树枝做饭添柴火
她割猪草喂两头猪
她拾粪给自留地下肥

她纳鞋底不让弟妹光脚丫

打草帘能卖几块钱
她上集市敲几块豆腐
去诊所抓两副中药
母亲肺结核有了年份

她家夏天遭了洪水
土坯房子浸到了膝盖
她和父亲在房前屋后筑起了围子
一家老小没日没夜轮流刮水

洪水退了
天气转凉了
父亲也累病了
好心人帮她说媒了

她对象最拿手捞鱼摸虾
白天钓长鱼她挎着竹篓
晚上用竹剪夹
她提小马灯跟在屁股后

离开了蛇树庄她泪水涟涟
母亲老病鬼弟妹没人照应
父亲负担重累得脱了型

不知道穷日子何时到头……

如今的蛇树庄变了大模样
娘家的日子一天一地
只有那老蛇树还在村口
还在静静地把往事诉说

点　点

大声地向老师问好
那是百灵鸟清脆的歌声
顽皮地与小朋友嬉戏
那是小蜻蜓愉快的飞舞
专注地听老师讲课
双眸是清澈的湖水和蔚蓝的天空

喜欢你耐心地哄福娃睡觉
喜欢你家懒外勤争着做值日生
喜欢你扮着鬼脸讲故事
喜欢你扭着屁股唱歌
喜欢你成天缠着一家人下国际象棋

喜欢太多
找不出美好的诗句
父亲对女儿的爱
说不清理由

百灵鸟清脆地唱歌
小蜻蜓愉快地飞舞
你的双眸
是清澈的湖水和蔚蓝的天空

“俺娘李庚”

在百度的贴吧上，毕业生给李庚老师留言，呼为“俺娘”。

如果没有执过教鞭
如果没有从事过学生工作
如果没有深切的体验
我不会有这样的发言权：
李庚老师——
一个公道正直的老师
一个充满爱心的老师
一个敬业奉献的老师

开学一月
她能叫出系里所有同学的名字
毕业十载
一接电话她一下子唤出你的名字
她是学生信赖的师长
她是学生知心的朋友
她是学生心灵的导师

听说有人质疑她的学术成果
有点扯淡

教育不是教学
不是科研
能纸上谈兵吗？
青少年研究专家都坦言
读不懂自己的孩子啊

一个人的价值体现
不在于身份
不在于地位
不在于物质和荣誉
一个老师的价值体现
不在于学历
不在于职称
也不在于所谓系出名门
“师者，所以传道、授业、解惑也”
难道只是埋头做学问吗

“中青史上最成功的学生工作老师”
有什么比这个评价更“权威”
有什么比这个“荣誉”更珍贵
“俺娘李庚”——
有什么比称为“母亲”
更让老师感到由衷的欣慰
母爱是太阳无与伦比的光辉
让所有的官方称谓黯然失色
让所谓的学术文章自惭形秽……

写着这样的文字
以朴素的感情名义
我是个普通的农家子弟
在校时　捉襟见肘
成绩也谈不上出类拔萃
然而，我幸运
老师的鼓励和教诲
春风化雨滋润整个心田

我珍惜
所有属于师生间的情谊
我应该为特别的爱赞美
什么是灵魂的工程师？
什么是真正的德学师范？
我为道德和心灵的教育鼓与呼

我相信
桃李不言　下自成蹊
书山有路　师道无疆
一个真正的好老师
公正的评价
永远镌刻在学生的心坎上

兄　弟

在未曾谋面的时候
我们来自同一个地方
在一个北国的秋日
我们相遇同一个课堂
许多个课余饭后
畅谈事业和理想
许多个日月星辰
我们同饮同唱
许多年以后
还是那个愿望
用啤酒和花生米
再醉一场

十年一聚

第一届学生毕业十周年聚会，感慨万千，在聚会的留言册上不知所云。

十年了
我们相聚
人生不会有几个十年
经历是人生的财富
每个人都拥有了自己的财富
幸福是一种感受
幸福是对同窗之情的坚守
善待亲人
善待友人
善待需要关爱的人
因此，也要善待自己：
天凉了多加衣服
吃完早餐再去上班
出门小心开车……
人生的意义在一个过程
我们还须努力
因为年轻
十年后
我们再聚
人生还有几个十年

回 眸

车儿徐徐启动
无动于衷于熟稔的路口
迢迢里程
慢慢抽痛心灵
原以为分别如同挥挥衣袖
而此时才倍觉难以割舍
邂逅在一个小小驿站
一切已是过眼云烟
如何漠视曾经的那份拥有
有多少个昔日可以重来
宁愿不去反刍往事
想忘却有时无能为力
没有相期相许的重逢
人生的春天将只有一次
另一半时空并不属于自己
当岁月逐渐湮没了彼此的疆域
深缅于记忆的每一个笑靥
依然清晰

感动，无法逃离

惊悉延安老作家柯蓝仙逝，回首一年前的交往，历历如在眼前。

感动的人生
是激情的人生
是赤诚的人生
是丰满的人生

因为感动
我们不会冷漠
因为感动
我们拒绝麻木
因为感动
我们远离虚伪、虚无和虚空

文学的人生
是孕育感动的人生
面对一位50载为散文诗奔走的老人
我无法逃离感动
吟诵一篇篇真情激越的诗作
我无法逃离感动
追忆老人赞许的微笑、鼓励的话语

我无法逃离感动

感动，无法逃离
我触摸青春真实的脉搏
感动，无法逃离
我重温年少的浪漫和执著
感动，无法逃离
我愿意沉湎于“风花雪月”
涂抹笨拙的文章和稚嫩的诗行

露天电影

两棵老树之间
张起白色的帆
村里人开始欢呼
太阳还没有下山

看——电——影——喽
一传十　十传百
不用高音喇叭
就把最偏的村落传遍

老大爷扛上长凳
乖孙子跑在前边
小媳妇牵着男人的手
刚过门不敢见生人面

背地里的一对相好
白天在田里打个照面
等电影开场
村尾老树头不见不散

提溜盏小马灯
张罗个买卖赚点小钱
五分钱一杯葵花籽

让馋嘴的孩子来回转圈

打仗的片子村里人喜欢
有人哆嗦有人哭泣
有人急得跺脚埋怨
有人卷起衣袖怒气冲天

连映两部到了深夜
打着哈欠再走几道湾
远近有狗吠一声接一声
看场电影仿佛过年

如今的生活不同以前
小两口都有家庭影院
忘不了乡村的露天电影
那份记忆很甜　很甜

卡拉 OK

想起来并不那么遥远
伴着流行音乐来到街边
露天放台音响拖两根唛线
引一帮姑娘小伙子驻足流连

腰里别个随身听学几首流行歌
花几块钱就能到路边露一把脸
曾经的牌坊外开了灯光夜市
卖服装卖水果卖光盘吆喝翻天
扯着破铜锣调子跑偏
一首《离家的孩子》百唱不厌

搬了工厂建了小区扩了街边
停了夜市没了“鬼喊”有点不习惯
一夜间大街小巷改头换面
原来发烧的上了档次都进了包间

如今的 KTV 也整了量贩
按时间收费还省了酒钱
来客招待不能只是喝酒吃饭
下半场继续喝酒唱 K 成了习惯

主管部长经理理理不顺头衔
递名片劝酒寒暄轮番作战
公主小姐妈咪搞不清套路
叽叽喳喳啰里啰唆乱花迷眼

玩骰盅的输的赢的吵翻屋顶
唱 K 的五音不全还霸了唛线
寻欢的搂着小妹挤眉弄眼
贪杯的倒头酣睡成了酒仙

说是感情要沟通情绪要宣泄
说是压力要消解业务要牵线
说是散散酒气不伤身子挣一回面子
说是难得醉一回闹一回大伙情愿

是父亲老泪纵横的眼睛
在送我来时的路口
翘首把游子盼望

初为人师

那时候
知识贫乏
老气横秋
那时候
几个小钱
好像富有
那时候
孑然一身
内心温热
那时候
没有奢求
却很执著
那时候
带着爱工作
此生何求

曾经高考

一座独木桥
千军万马
集结
一茬接一茬
没有硝烟
较量
体力、智力和心力

五十个战友
各自为战
遭遇大规模惨败
七个勇士　决战
黑色七月

资源匮乏
杀出重围者不过二三
农村孩子，十年
练兵
只为一个饭碗

有人服了输
有人不言败
有人屡战屡败

有人屡败屡战

迟到的捷报
还会陆续传出
一次捷报
引出一段故事
艰辛令人感怀

若干年后
当年骁勇的老兵
禁不住回忆
如同梦魇

贫穷吞噬信心
成败不论英雄
岁月
不相信悲叹

又见高考

不知道叫不叫黑色六月
这个季节已经提前

高考　年复一年
焦虑　煎熬　放松
然后
期待　盼望　欣喜
抑或
苦闷　彷徨　哀怨

这座曾经的独木桥啊
几家欢喜几家惆怅
考大学就像女孩雪花的命吗
陋俗早已作古
素质教育不再是一个时髦的话题

这是一个幸运的时代
一个教育普及的时代
一个机会均等的时代
一个“八仙过海，各显神通”的时代
高考不会一考定终身
职业也不会组织分配一做到底

又见高考
想起当年鼻子发酸
失败的经历刻骨铭心
谁都只在乎结果
殊不知
过程才是无与伦比的美丽

不要被一次考试吓倒
人生有许许多多的考试
财富来自经历
成功来自努力
哪怕风雨雷电坎坷荆棘

卷三 + 心羽飘零

Inner wing flying away

我喜欢

我喜欢
穿着休闲的衣服
行走在大街小巷
文化衫配上沙滩裤
不必穿西装、打领带
还要挂个胸牌

我喜欢
定时定点三餐
咸菜馒头稀饭
顶多加个煮鸡蛋
不必饕餮大餐
甚至啤酒和海鲜

我喜欢
住个简单的四合院
红墙绿瓦冬暖夏凉
一顿饭左邻右舍走遍
不必住高层单元
防盗锁锁着门
也锁着人情冷暖

我喜欢
消消停停地步行上班
偶尔骑个自行车
不管寒来暑往下雨变天
不必出入汽车
失去街边溜达的悠闲

我喜欢
看潮起潮落
数满天星辰
听潺潺的水声
想浪漫的诗行
或者，寄情
山水田园
写亦真亦幻的文字
带着手提电脑网络搜遍

我的喜欢
其实很简单
可是，迷失在水泥森林
不能割舍和放下
简单
是一种艰难

致有车一族

假如我们突然离去
来不及整理物件
还有一大堆私房钱

假如我们突然离去
来不及尘封日记
和不能曝光的秘密

假如我们突然离去
来不及诀别亲人
还有最后的交代

我们的爱人
一个人承受风雨坎坷
我们的孩子
从此只有单亲的疼爱
我们的老人
从此失去了至亲的扶助
……
不仅是为自己
一切没有偶然
当我们手握方向盘
已经命悬一线

相　逢

脚下是地
头上是天
天地迢遥
仿佛永远不能相连

不是不能相连
是尘俗遮挡了视线
抬头眺望天边
携手地平线

不是命中注定
就不能相见
跨越心灵的距离
相逢不会遥远

记忆的雨

窗外的雨
不是记忆的雨

记忆的雨
滴滴答答
从屋檐落下
砖石留下岁月的泪痕

记忆的雨
淅淅沥沥
淋湿了发梢和衣衫
放学的孩子
总是在雨中奔跑

记忆的雨
稠稠密密
种地的都放下了农活
当家人一脸迷茫

窗外的雨
也许还是记忆的雨
可是
不再淋雨

听不到雨滴落地的声音
想不起许多浪漫的故事

窗外的雨
却让人想起记忆的雨

听不到雨滴落地的声音
想不起许多浪漫的故事
窗外的雨
却让人想起记忆的雨

懒时光

早晨从中午开始
中午从黄昏启程
大梦初醒
分不清天黑天亮

小区里踯躅
大街边徜徉
清空所有的安排
生活还原成简单的模样

脚步轻盈而散漫
张望漫无目的
车水马龙的喧嚣
都是无声的黑白镜像

不必选择山川田园
不必向往海浪沙滩
什么都不想
生活都是惬意的时光

健　康

房子越来越宽敞
汽车越来越阔气
人不能吃五谷不生灾
健康一点由不得自己

以前是没得吃生病
现在都是吃出的问题
不该高的指标都在攀高
只有免疫力越来越低

曾经小毛病不用去理
如今抵抗力总是不济
莫名的病毒不断变异
伤风感冒都要吊点滴

抽烟喝酒打牌熬夜
婚恋求职人际压力
平时没工夫想东想西
一去体检才知道
储蓄健康的意义

幸 福

幸福是喧嚣中的宁静
幸福是疲惫后的休憩
幸福是忙碌时的安静和思考
幸福是无聊时的激情和冲动

幸福是贫贱之交的搀扶
幸福是糟糠之妻的眷守
幸福不是呼之即来的饕餮大餐
幸福是饥饿时的一片面包

幸福是都市人的灯红酒绿
幸福是庄稼人的恬淡简朴
幸福是鲜花和掌声
幸福是坚守和耕耘

幸福是追逐后的获得
幸福是收获时的放弃
幸福是长聚后的别离
幸福是久别后的重逢

幸福是平淡
幸福是从容

幸福是吃亏
幸福是给予

幸福是充满憧憬
幸福是满怀眷念
幸福是学会珍惜

幸福是甜蜜的忧伤
幸福是欢愉的惆怅
幸福是好好地活在当下

幸福与金钱无关
幸福与名誉无关
幸福与地位无关
幸福是上天最公平的恩赐

追求幸福者未必获得幸福
获得幸福时幸福正在消逝
最大的幸福是什么
最大的幸福是健康和自由

幸福是一种感受
幸福是孕育
幸福是反哺
幸福是绿叶对根的情意

杯中物

是一个凸透镜
放大了情绪体验
豪放者激情澎湃
婉约者温柔缠绵
快乐的一个劲地乐
悲伤的禁不住地怨
所以
酒壮英雄胆
举杯消愁愁更愁

是一枚烟幕弹
雾里看花水中望月
人心谁能分辨
旁观者云里雾里
当事人亦真亦幻
倚酒三分醉
酒后吐真言
说清醒的或许醉了
说喝醉了反倒清醒
本想借酒壮胆整点事
岂知酒后说话不当真

是一种催化剂

初次见面者　觥筹交错
感叹相见恨晚
心存芥蒂者　三杯两盏
了却是非前嫌
久别重逢者　几轮豪饮
消弭了时空的隔间
仿佛情意一如从前

是一块试金石
喝与不喝不一样
喝多喝少不一样
喝醉没喝醉不一样
主动喝与被动喝不一样
“打炮”与“打桩”不一样
舔一舔与一口闷不一样
所以，“让之以酒醉以观其性”
所以，能喝半斤喝八两
这样的干部要培养

酒品如人品
高尚是高尚者的风范
卑劣是卑劣者的行径
所以——
酒逢知己千杯少
借酒逞能半杯多

充　电

刀光剑影
撞击，碰撞
思维——
金属般的铿锵

本本逃匿了
经验服输了
权威走下了神坛
官本位不再作势装腔

飞蛾扑向灯火
蜘蛛自个结网
借一双慧眼
凤凰浴火而后荣光

贫穷因为贫穷
平庸因为平庸
充电——
保持永续的动力和光芒

播种才会收获：
思考收获理性

合作收获共赢
追赶溪流
收获整个海洋

半瓶醋

抬高自己看不起别人
怨别人误解又误解别人
数落别人不解剖自己
自我感觉优秀却只是一般

一知半解又不求其解
只见树木却不见森林
贫乏却不知道自己贫乏
卑微却不知道自己卑微

只知昨天不知今天和明天
笃信细节捡了芝麻丢了西瓜
以讹传讹见风是雨见毛是鸭子
眼高手低一瓶不满半瓶咣当

投递勇气
期盼归鸿
第一篇习作变成铅字
如同初吻般的甜蜜

初　恋

文学，我的初恋
明月见证浪漫
白云寄托情思

每一条田埂留下足迹
每一条小河记录倒影
每一缕春风拂过心谷
每一抹晚霞撩起心事
每一首情歌
每一次欢娱
每一声叹息
每一个梦幻
珍藏在每一页发黄的日记

曾经的诗文让我脆弱敏感
曾经的戏剧让我扼腕悲欢
曾经的小说让我难以释卷
投递勇气　期盼归鸿
第一篇习作变成铅字
如同初吻般的甜蜜……

不知何时相识
却在秋雨中悄然分手

生活强暴了我的真诚
我没有坚守童贞
委身于世俗的追求
辗转于喧嚣的人生之旅

再不能走进圣洁神圣的殿堂
刻骨铭心的情愫一生不渝
期盼相逢
渴望重温
宁愿终身厮守
文学，我的初恋

青 春

青春不相信风雨雷电
青春不相信雨雪阴霾
青春不相信坎坷荆棘
青春不相信束缚羁绊

青春属于敢想敢干
青春属于敢干敢闯
青春属于追求真知
青春属于探索真理

青春承载国家的未来
青春承载民族的希望
青春承载着世世代代
富民强国的理想

青春——
担当亲情
担当友情
担当爱情
青春——
担当小家
担当大家

担当国家

青春的担当
是物质的富裕
是道德的修养
是精神的高扬

成　熟

成熟是一种思考和判断
独立，主见
有自己的行事标准

成熟是一种气度和胸襟
人的弱点不可逾越
心胸扩展成天空和大海

成熟是一种包容和接纳
天生他材皆可用
批评是一剂苦口良药

成熟是一种辨证和逻辑
愿望未必导致良好结果
思维难免遭遇极端的泥潭

成熟是一种发展和超越
不能一拳打到头
今天是昨天的超越

成熟是一种冷静和理性
冲动，没有后悔药
情绪需要修葺和打理

成熟是一种悟性和权变
现象和比较孕育真谛
人生是不断矫正的罗盘

题未定

理发

一刀下去
不考虑
由头

美容

爱美
首先
要个面子

足浴

别人的路
在自己脚下

刮痧

大红大紫
可以
逼出来

擦背（或其他）

赤裸裸
金钱
交易

张家界

1

崎岖、蜿蜒、绵延
疑无前路
变幻原是风光
人生就是这山路
在疲羸回望的刹那
坎坷和艰辛都成了财富

2

潺潺的金鞭溪
斑斓的鹅卵石
溪流磨砺了坚石
岁月塑造了我们

3

漂流——
与湍流抗击
与险滩博弈
暗礁和峭壁如刀似戟
浪花与飞沫谱写澎湃的歌

心的皈依

梦中飞翔
隐形的翅膀

越过河流、田野、村庄
越过戈壁、大漠、洪荒
越过高山、草甸、海洋
扯着风的衣角
和白云携手
追寻星星和月亮

幻想和贪婪
总是让人疯狂
跌入黑暗的旋涡
远离了最后一丝光亮
于是，寒冷、恐惧
孤独和绝望

怅然梦醒——
疲累的心
只属于原来的那块地方

小小三峡

长江有个三峡
三峡有个巫峡
巫峡有个小三峡
小三峡有个大宁河
大宁河有个马读河
马读河有个小小三峡

小小三峡有个漂流
第一次漂流是第一次
关于漂流的记忆
第一次的记忆
便是永久关于漂流的记忆

溯流而上的期待
顺流　来不及回味
精彩
原本如此短暂

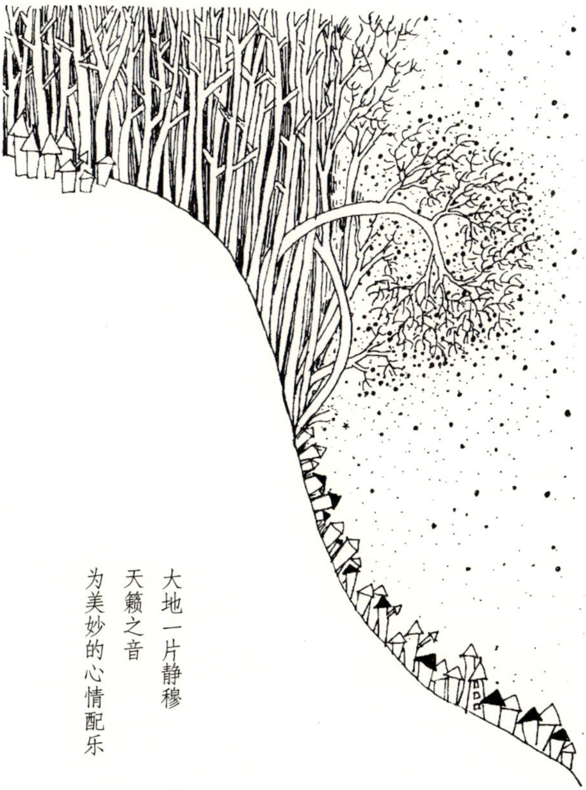

大地一片静穆
天籁之音
为美妙的心情配乐

岭南堂

珠江岸边灯火阑珊
无数只纸鸢风中飞过

紫荆花开古榕婆娑
盈盈绿水袅袅柳烟

楼群古朴巍峨
大学城的美都打了折扣

白云山高
珠江水长

大学
因一种精神不朽

雪　乡

原木结构的村居小屋
在积雪和木栅之间，散落
裹一方厚厚的头巾
圣母般慈祥和端庄
房檐上的红灯笼
点燃了温馨和祥和
黄昏不期而至
黄狗有点慵懒
膘肥体壮只能走出方步
丛林披上粉色的婚纱
仿佛夕阳中的新娘
大地一片静穆
走在厚厚的积雪上
天籁之音
为美妙的心情配乐

雪

你是寒冬
腊月怀胎的孩子
母亲柔弱时
你手舞足蹈
母亲坚强时
你温柔俊逸

是淘气，还是顽劣
不放过一丝缝隙
水火都不能相容
捧你在手
为何还有感伤的泪滴

不是所有的美丽
都很圣洁
穿着天使般的外衣
却表里不一

不是所有的呵护
都有善良的目的
“冬盖三层被，庄稼埋头睡”
你的棉被也给了浊水和污泥

不必说存在是一种价值
不必说美丽是因为短暂
当太阳伸出温暖的手
你挥挥衣袖来不及逃离

不要伤悲
更不要哭泣
来年　当秋风乍起
那第一片落叶
就是呼唤你归来的信息

卷四 + 长空俯仰

Pitching in the vast sky

畅想三十年

1

曾几何时
盼望一辆自行车
要么“永久”
要么“凤凰”
大人们要上街赶集
孩子们要上学读书
节假日绑块木板要搭客几趟
屁股冒烟的摩托车
连想都不敢想
如今
拥有了私家汽车
不必说本田、天籁
不必说皇冠、尼桑
奔驰、宝马也不算风光

2

曾几何时
三间土坯房
怕风怕雨
怕雪怕霜
发一次洪水

全家人半年心慌
祖祖辈辈的理想
就是盖三间瓦房
如今
村里人自建瓦房洋楼
城里人住上成套单元
更不说复式和别墅
另一番别致和敞亮

3

曾几何时
有线广播高音喇叭
手电筒就算家用电器
一台半导体总开到最大音量
通了电灯
还把煤油灯点到天亮
如今
楼上楼下电灯电话
蒲扇换成了电扇空调
收音机换成了液晶数码
电器一应俱全
开始追求品牌和高档

4

曾几何时
写一封家书找人帮忙

收一封电报全家惊慌
跑几里地打不了一个电话
咫尺天涯　天各一方
如今
老太太带了手机打麻将
小孙子城里读书电话上网
EMAIL　QQ　MSN
一个短信省得半天白忙
千里之外
仿佛近旁

5

曾几何时
一出小戏趋之若鹜
一场电影如同过年
家长里短的日子
黑夜总比白天长
如今
音乐让时空穿越
屏幕让生活闪光
行走山水
网上冲浪
老头老太相会在健身广场

6

曾几何时

愚昧、盲从、彷徨
苦闷、失落、感伤
如今
理性、充实、梦想
激情、创造、张扬
……
三十年河西河东
历史不是简单的轮回
从更高的起点启程
未来三十年
更有新的奇迹和辉煌

兄弟，请不要忘记

兄弟，请不要忘记
你的血管里流淌着母亲的血液
不要说祖国的月亮不够圆、不够亮
不要说同胞的胸怀不够宽、不够广
“儿不嫌母丑，狗不嫌家贫”
旮旯再穷，也是自己的故乡

兄弟，请不要忘记
你是红旗下出生红旗下成长
有一天放飞，磨砺了翅膀
在母亲最需要你的时候
你却远走别国他乡
故土，有你的白发亲娘

兄弟，请不要忘记
你的家乡，雪域高原
是母亲坚实的肩膀
为什么偏要另立自己的山头
五十年巨变戳穿了伎俩
你不能有奶便是娘
认贼作父，能有几个好下场

兄弟，请不要忘记

你是母亲不肖的子孙
你制造了多少邪恶与事端
你欺骗了多少无辜和善良
你还在炮制多少家丑
就算是家丑又怎能到处外扬

兄弟，请不要忘记
我们是骨肉同胞手足分离
曾经的怨恨斩不断一衣带水
母亲，以她的胸怀和气量
等待倦飞的鸟儿归巢
迷途的船儿靠港

兄弟，请不要忘记
抗灾重建的感天动地
百年梦圆的精彩华章
任何的风暴都能坦然面对
母亲，因果敢和责任
受到全世界的认同和敬仰

兄弟，请不要忘记
我们曾是怎样贫穷的家底
如今扮演举足轻重的力量
让这么多儿女吃饱穿暖
母亲，以智慧和坚强
实现民族自强复兴的希望

震不弯的脊梁

在飘摇即倾的大厦
求生无路
在阴暗血腥的废墟
求死无门
在满目疮痍的家园
欲哭无泪

一切就在分秒之间
在大地狂飙的时刻

这突如其来的灾难
使秀美山川
刹那间体无完肤

友人从此风筝断线
爱人从此无涯孤旅
亲人从此音信杳无

交通中断
电力中断
水源中断
通信中断

多少蓓蕾来不及绽放
多少园丁一去不能回头
多少家庭留不下一个祭奠的人

大地无情
人间有爱
同舟共济渡难关
众志成城伏震魔

人民军队开始了行动
武警官兵开始了行动
白衣战士开始了行动
亿万群众开始了行动

救援，救援，救援
从陆路来
从水路来
从空中来

人员到了
物资到了
设备到了
到了汶川
到了北川
到了都江堰

时间只以秒计
里面的伸不出手
喊不出声
时间只以秒计
外面的伸出了手
使不出力

台风的中心是平静的
地震的中心充满险恶
“我的脚下就是震中”
总理到了最危险的前线

嘶哑的声音
是严肃的号令
动情的泪水
是无形的感召
他摔倒了
他受伤了
他的脚步不曾停顿

因为灾难
我们悲恸我们感动我们震撼
因为灾难
我们感受到顶天立地的力量

风雪肆虐有脊梁
地动山摇有脊梁
大震，小震，余震
震不碎拳拳爱心
震不弯民族的脊梁

“再大的风雨我们都见过
再苦的逆境我们同熬过”
还有什么
跨不过的坎
爬不过的坡

从制造到创造
未来
依然让世界瞩目

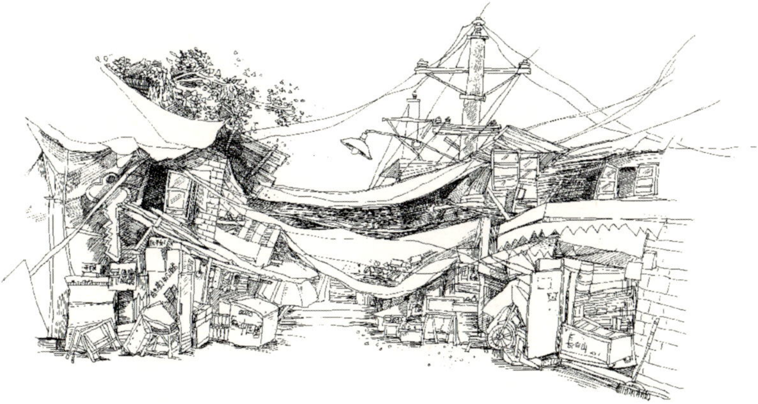

中国制造

铿锵的名字
不能简单用
勤劳和智慧释义
又绝不能
与廉价等同

拒绝？妥协。
小小打火机
点燃民族的自信
一双皮鞋
踏向一个制鞋王国

集装箱、自行车、微波炉
玩具、彩电、冰箱
千千万万个辛苦
执著和热情
无法拒绝

风雨雷电
成就参天大树
不只是制造，创造
未来
依然让世界瞩目

姚明和刘翔

一个是球场巨人
一个是田径飞人
一个用高度展示
一个用速度证明

巨人对世界说：
大国不是只玩小球
飞人对世界说：
黄皮肤的速度也是一流

巨人张开双臂
揽得星辰
飞人张开双臂
追赶日月

巨人
与一个民族共同崛起
飞人
与一个国家接力前行

巨人+飞人
一个民族的 LOGO

无与伦比的创意
释意
品牌体育

白衣战士

一个乍暖还寒的春天
突如其来的 SARS 疫情
带来紧张、恐惧和危难

这个春天，凝聚了民心
展示了白衣天使的
大无畏的气概
楼梯上
走廊间
病房里
爱心、智慧和汗水
维系和延续一个又一个生命

会诊
输液
送药
注射
插管
坚韧、无私和牺牲
换来健康和平安
换来了抗击 SARS 的胜利

谁不知道生命的珍贵

谁能割舍骨肉亲情
在没有硝烟的战场上
在灾难突袭生死考验的瞬间
扼守死亡的隘口
捍卫生命的安全
所有的个人安危都放在了一边

人们不会忘记叶欣烈士
27 年爱岗敬业
为人贤妻为人良母
在生命垂危之际
用颤抖的手写道：
“不要靠近我，会传染”

人们不会忘记陈洪光烈士
39 岁青春风华
两个多月超负荷工作
病魔乘虚而入
遗体也献做 SARS 研究

人们不会忘记邓练贤烈士
53 年平凡人生
恪尽职守
面对生死考验
作出了不平凡的牺牲

人们同样不会忘记
67 岁的钟南山院士
为攻击未知的卓越贡献
74 岁的姜素椿教授
老帅亲征，不幸病倒
也要求以血肉之躯做实验

鲁迅先生说过：
“真的猛士
敢于直面惨淡的人生
敢于正视淋漓的鲜血”
然而
这是是一个和平安宁的时代
谁不眷念平安和亲情
看不见，摸不着
SARS 病毒比鲜血更可怕啊

不亲临其境不知道悲壮
不解读细节不知道感怀
所以
王志与采访对象“泪眼相向”
所以
许多人泪洒报告会现场

叶欣烈士的丈夫说
妻子是一个平凡的女性
非典病区护士长张积慧说
是历史把她这个普通的护士
推到了社会的前台
然而，我相信
正是平凡的南丁格尔
孕育了伟大的人道精神

我相信
正是无数条爱的溪流
汇合成热情澎湃的海洋
抚平灾难给人带来的创伤
让伟大的民族精神高扬，高扬

雪　殇

一场雪
万里冰封　大地苍茫
一场雪
咫尺迢遥　天各一方
一场雪
煤炭告急　电力中断
城市数日不见灯亮

一场雪
车站拥堵　机场关闭
千里动脉凝固冰霜
一场雪
见证盼归游子汹涌成激流巨浪
一场雪
演绎徒步千里风雪跋涉的凄凉
一场雪
凝结热血男儿鏖战雪原的悲壮

多少人归心似箭
多少人挂肚牵肠
多少人彻夜难眠
多少人翘首盼望

多少人昼夜奋战
多少人慷慨解囊

这场雪
让我知道——
多少谋生者漂泊异乡
这场雪
让我知道——
几家莺歌燕舞　几家悲悯惆怅
这场雪
让我知道——
一个国家关注民生应对危机的不易
一个民族同舟共济战胜困难的力量

“死也要回家！”
撕心裂肺的声音——
从车站传来
从机场传来
从风雪兼程的泥泞中传来
鸟倦飞而知返
家
心灵的海港

家的内涵因风雪而深刻
家　消弭了恐惧
家　抚慰着创伤

家是物质的庇护
家是精神的力量

家是生命的港湾
国是家庭的怀抱
因为风雪
我们感受了无数温暖的臂膀
总书记伸出了臂膀
总理伸出了臂膀
公安干警伸出了臂膀
部队官兵伸出了臂膀
亿万群众伸出了臂膀
车站伸出了臂膀
机场伸出了臂膀

无数的臂膀挽成一种力量
一种众志成城的力量
一种无坚不摧的力量
一种感天动地的力量

这种力量
恢复了煤炭供给
抢修了电力设施
输送了救灾物资

这种力量

让冰雪消融
让道路通畅
让城市明亮

这种力量
温热了你
温热了我
温热了千万颗心

千万种希望
让这个过节的感觉不同寻常

回家的渴望
在不远的前方
雪殇春回
在不远的前方
一个民族的复兴
在不远的前方

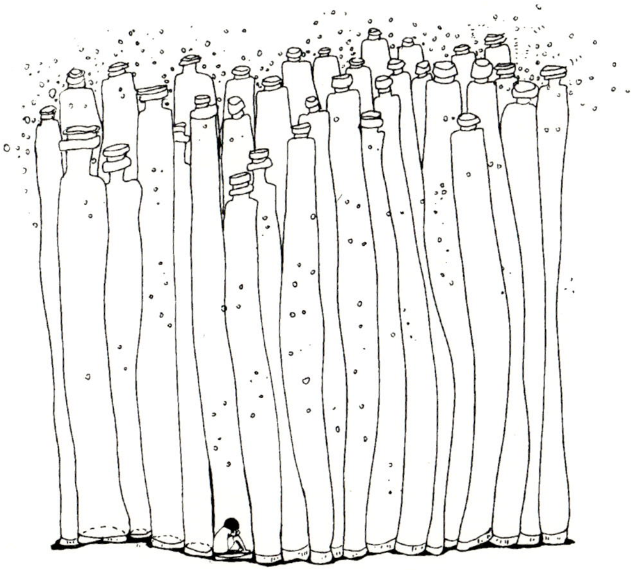

啤酒和K歌
幻想孪生寂寞

金牌中国

风云赛场
苦乐年华
有人哭
有人笑
有人怨
有人恼

博尔特傲视群雄
费尔普斯孤独求败
夺金的想改写历史
没夺金的挑战未来

历史真的惊人重演
所以赛场失意情场得意
动手的总想先发制人
马拉松总有后来居上
大满贯难得完美谢幕
奥林匹克的美
常常让人抱憾终身

上帝是公平的吗
有人获得了力量
有人获得了美丽

有人获得了美丽和力量
甚至还有剑桥的博士学位

运动的美是真正的美
美在形体
美在心理
美在精神

运动的精神是伟大的精神
一种和平、友谊、进步的精神
一种更快、更高、更强的精神
如同奥林匹亚的圣火
永不熄灭

同样是运动员
不同的是禀赋、机缘
同样是金牌
付出的是不同的代价
同样是赛场
参与者却是不同的感受

一个强盛的国家
跟着一群骄傲的运动员
一个羸弱的国家
只有一位孤独的运动员

孤独的也是坚强的
脸上没有自豪的笑容
心中却深深地爱着自己的国家
我们同情
我们感叹
我们更为自己的祖国感到荣耀

金牌的背后
是伟大的运动员
运动员的背后
是伟大的国家
五色环用璀璨的光芒敬礼：
盛世中国

幸福·感恩

不能选择旦夕祸福
不能选择生命短长
生命是何等的脆弱
最坚实的是脊梁
在灾难中挺立
诠释生命的坚强

“死去何所道
托体同山阿”
活着
是对逝者最好的慰藉
一切阴霾都会消散
只要心中充满阳光

没有干净的水
只能接雨水储藏
伙食要排队
十天的饭菜一个样
没有地方住
只要有帐蓬平板房

饮干孤独
一颗知足的心

一定懂得感恩
感恩的心
永远敞亮
敞亮的心
天地因此宽广

责　任

“5·12”汶川地震伊始，紧盯滚动新闻报道，心急如焚。

为什么要总理发脾气
一顶乌纱帽
比十万群众的生命重要吗

为什么要总理发脾气
让生命脱险
非要总理的“命令”吗

为什么要总理发脾气
火烧眉毛了
还要总理的决断吗

都是吃闲饭的吗
责任天大
抗震救灾重担千钧
万众一心一起扛啊

范跑跑

刚为潘老师抹干眼泪
又为范跑跑汗颜
教师是一个伟大的职业
其中也有“斯文败类”

从人性的角度
有人还会为他辩护
可是
一开口就大恶了

有人“同情”他妻子了
他妻子偏偏要回应
不过不要谴责女人
小王和易先生都有了感情
……

范跑跑、郭跳跳
还有后来的“躲猫猫”
你方唱罢我登场
民意永远代表一种公信的力量
网络让时代幸运

灾难可证

天灾，地难
家园遭到了创伤

灾难是什么
是一面镜子
是一把尺子
灾难检验了崇高和卑劣
灾难检验了自利和无私

有人从此清醒
有人从此超脱

原本不想结婚的打算结婚
原本想结婚的决定不结婚
原本想离婚的放弃了离婚
原本不想离婚的开始盘算离婚

做一件好事容易
做好一件事不容易
捐赠
不在钱物
援助
称量道德与良知

让爱继续

伤口还没有愈合
援建才刚刚开始
秋后算账开始了：
谁是“铁公鸡”
谁是“葛朗台”
谁是误人子弟的老师
谁是史上最牛的“官腔”

说有人吝啬
说有人自私
说有人坑蒙拐骗
说有人发国难财
说有人捐赠的善款根本没到账……

是口诛笔伐的时候了吗
批评也需要理性——
不要苛求所有的人
本没有天大的过错
错了还要乱说
就真的错了
活该被众人押赴道德的法场

不要苛求所有的人
有人已经哭干了眼泪
不一定还要昏天黑地的悲伤
已经勇敢地站了起来
就要将悲痛化成坚强

不要苛求所有的人
官员也是人
因为良知而下跪
面对的是自己的衣食父母
说什么脸上没有颜光

不苛求但也不能原谅：
一个屁大的“书记”
平时自我感觉良好
大难临头一时改不了口
让人听出了可怜的官腔

地震第一个逃跑的人
不配做为人师表的老师
大难临头置学生不顾
就像军官临阵脱逃
不遭到乱枪算你命大
却不应抛出“父母不顾”的荒唐

我们不能原谅
一旦松下了神经的紧张
埋怨来了
谴责来了
小道消息来了
花边丑闻来了
一切都有道德的审判和法律的制裁
不要简单地秋后算账

我们要做的事情很多
让爱继续
心往一处想　重建
期待风雨同舟的力量

人　祸

火车出轨了
矿井坍塌了
瓦斯爆炸了
奶粉出了问题
凉水浇了脊背
……

不必大惊小怪
毕竟这么大国家
又不能见怪不怪
毕竟人命关天

天灾地难不惧
说什么
愈挫弥坚
多难兴邦
有多少老本可吃？
避免人祸
才有社会和谐

求　医

普通的群众最怕求医
花不起钱找不着门受不了急
没有身份地位没有经济能力
走不了绿色通道享受不了 VIP

不怕排队怕医生轮流休息
没有喝杯水的工夫
面对长长的排号
天使也无能为力

中医的套路是望闻问切
西医的诊断要借助于仪器
不看到检验结果
医生不会听你磨磨唧唧

农村的医疗条件参差不齐
城市低收入家庭也有压力
现在的生存不同以前
缺医少药是民生的大问题

打工在外的很不容易
留守的老少可怜兮兮
小病不及时　大病治不起

所以穷人无病就是福气

当和煦的春风拂过
当医改的鼓点敲起
祈祷：普通病患的眼里
不再有困苦无助的泪滴

钻石般

小家碧玉

步行街传承文明

无　题

奥运开幕还有一礼拜
都说去北京要提前两个钟点
白云机场没那么夸张
首都机场也秩序井然
“白纸条”在行李上蹭了几蹭
有的人还要见识一下警犬
首都更美了
都说奥运让她提速了五年
中关村不是一个生活的地方
五六百住了一间破酒店
到了晚上没吃没喝
饿急了只能将就来包方便面
睡到太阳晒屁股
也只能用凉水洗把脸
剃个须找不到一家理发店
大小胡同足足转上半天
午餐顺路真功夫打点
下午约好了老同学见面
司机硬说我从海外归来
一不小心兜了两圈
本来十分钟的安排
一聊两个钟点
解开了心中的一个结

说什么相见不如怀念
不虚此行凑凑热闹
难得奥林匹克盛事百年
单双号让交通喘了一口气
两个朋友接送一人一天
时间不允许多作逗留
只三天也等不到开幕盛典
没带手提——
临时找个网吧写上片言
哦，马上下线
还有重要的人物要拜见
不能失约不能拖到明天

金融危机

智慧演变成罪恶
贪婪制造了恐怖袭击
华尔街开国际玩笑
全球承担学费
贝尔斯首先中弹
雷曼兄弟随之落马
输入型的金融流感
蔓延拉美和欧亚
一场无形的风暴
摧垮了船只
掀翻了厂房
肆虐了楼市
股市跳水和蛙泳
降息　减薪　裁员　返乡
一浪一浪的巨潮
巨潮引发剧痛
母亲，早已身强体壮
打一针强心剂
下几贴猛药
我们的肌体率先复苏

广州之眼

这个城市的眼睛
蒙胧，有些迷离
天空弥漫着忧郁
星光跌落在江河
空气变得潮湿
生活仓促而沮丧
灯光在塞车时聚焦
立交桥习以为常
时间在书城短暂停留
广场的生物钟已经颠倒
啤酒和 K 歌
幻想孪生寂寞
这个城市的眼睛
缠绵，充满血丝

中山之路

仁者乐山
以民族为姓氏
于是
九州激荡一个名字
独一无二

母亲河流淌的是包容
珠江口孕育起点
敞开胸怀
拥抱一片蔚蓝

历史打磨
铁锤　镰刀
现实铸造
灯饰　剪刀
以守土之责
打造“三个适宜”

五桂福地
飘过血色旗帜
孕育长命水
生生不息

没有喧嚣和聒噪
钻石般，小家碧玉
步行街传承文明
兴中道创新品质

熏风南来
轻轨追赶时间
中山之路
没有终点

后 记

我承认自己不懂“诗”，只知“诗言志”和“诗歌合为事而作”而已。借助一种方式表达、倾诉和宣泄，希望自己讲得通，别人愿意看，也能看明白。

临近结集的时候，凑上令自己十分汗颜的篇什还觉得不够数。忙碌的工作和未竟的学业让自己总觉得“不务正业”，只能自我劝慰：零散的时间还是有的，恰好适合作诗。

毫不讳言，我的大多数诗作因急就而粗糙，因浅薄而直白，因功力不足而缺少“韵味”。个人情愫、故土情缘和现实感怀，时空跨度和风格差异炖成了一锅“杂烩”。

水平和能力并不代表态度。请相信我拙劣的诗作所包含的严肃态度和真挚情感，也许没有偏离我一以贯之的为文和为人的风格。

诗歌是个神圣的殿堂，我始终“徘徊不敢走进门”。不是不敢，是暂时还不能。挚友余丛、唐风和谭斐等诗家的热情鼓励，让拙作结集付梓的“贼心”变成了“贼胆”。

感谢著名诗人、诗歌评论家张同吾先生欣然为本书作序。

感谢学者 ZOE、作家李容焕、画家许宁、责任编辑杜小陆以及师弟朱明善、杨毅等对本书的帮助和关注。

感谢我的爱人和女儿，在我叮叮当当捶打诗句的时候，她们以对弈国际象棋给了我自由的思想空间。

“诗人”是什么?

《楚辞》释义:“窃慕诗人之遗风兮,愿托志乎素餐。”

惠特曼认为:诗人就是那种把过去、现在和将来融为一体的那种人。

似乎也没那么玄乎。“健康人格健康诗风”——著名诗人叶延滨对“诗人”期许如斯。

这给上路新手些许勇气,可是面对作品,我还是免不了心有愧怍。

邵念荣

2009年8月2日